너, 없음으로

오세영 시집

좋은날

■ 序

내게 있어 사랑은 ……

출판사의 권유로 '사랑의 시'만을 엮어 시집을 낸다. 주제가 일관된 것이기는 하나 일종의 선시집選詩集인 셈이다. 이로써 나는 세 권의 선시집을 갖게 되었다. 감회가 크다. 그만큼 시에 대한 자세도 준열해야 하리라 다짐해본다.

내게 있어서 사랑은 시의 화두이다. 그것은 영원에 대한 그리움의 문제이기 때문이다. 그리하여 내 사랑의 시들은 보다 철학적이며 형이상학적인 세계를 지향한다. 완전한 삶에 이르는 길, 그것은 모든 존재의 근원적 물음이 아니겠는가. 사랑은 아마도 그 해답 가운데 하나일지도 모른다.

나는 단순한 서정시인이 되길 원치않는다. 훌륭한 시는 서정의 차원을 넘어서야 하기 때문이다. 나는 서정이 철학화되기를 노력해왔다. 내 사랑의 시도 아마 그와 같으리라.

좋은 해설을 써 주신 송희복 사백, 그리고 예쁜 책을 만들어 주신 '좋은날'의 여러분들께 이 자리를 빌어 감사의 말씀을 드린다.

1997년 菊秋 石田堂에서
오 세 영

1 홀로가 아니랍니다

하늘의 시 2

3 내 바다에서 뜨던 별

너, 없음으로4

사랑하는 이여, 그러므로 다시 만날 수 없거든 차라리 멀리 떠나 갈 지니 가까이 있으면서도 먼 것이 멀리 있으면서도 가까운 것 보다 더 먼까닭이니라 그대 가까이 더불어 있는 먼 사람이여,

「멀리서」 중에서

1

홀로가 아니랍니다

그 길을 따라

당신은 참 무심도 하군요.
떠나가신 후
어찌 그리 한 통의 편지조차 없으십니까,
당신을 찾아 한번은 무작정
동쪽으로 나섰습니다.
어느 봄날,
당신의 눈동자 같은 샛별이
반짝반짝 새벽하늘을 비추고 있는 것을
보았기 때문입니다.
그러나 가도가도 희미한 光芒광망뿐
당신은 어디에도 없었습니다.
한번은 무작정
서쪽으로 나섰습니다.
어느 여름날,
당신의 분홍 손톱 같은 반달이
서으로 가는 것을 보았기 때문입니다.
그러나 가도가도 망망한 바다뿐
당신은 어디에도 없었습니다.
한번은 무작정

남쪽으로 나섰습니다.

어느 가을날,

당신의 하얀 소매깃으로 나래치는 철새떼가

황혼에

남쪽으로 날아가는 것을 보았기 때문입니다.

그러나 가도가도 쓸쓸한 사막뿐

당신은 어디에도 없었습니다.

한번은 무작정

북으로 나섰습니다.

어느 겨울날,

당신의 고운 입술 같은 꽃잎들이

바람에 날려

북으로 북으로 실려가는 것을 보았기 때문입니다.

그러나 가도가도 삭막한 쓴드라뿐

당신은 거기에도 없었습니다.

당신은 참 무심도 하군요.

당신이 계신 곳을

별로도, 꽃으로도 가르쳐주실 수 없다면 차라리

눈물로 가르쳐주세요.

내 눈물이 여울되어 흘러간다면
한없이 한없이
그 길을 따라 걷겠습니다.

멀리서

차라리
멀리 있음이여,

벼랑에 피는 꽃보다는
강 건너 등불이,
강 건너 등불보다는 바다 건너 무지개가,
바다 건너 무지개보다는
저 하늘의 별이 더 아름답나니

나는 벼랑 끝에서 우는 한 마리 암사슴이 되기보다는
창가에 앉아 별을 우러르는 일개
시인이 되리라.

사랑하는 이여, 그러므로
다시 만날 수 없거든 차라리
멀리 떠나갈지니
가까이 있으면서도 먼 것이
멀리 있으면서도 가까운 것보다 더
먼 까닭이니라.

그대
가까이 더불어 있는 먼
사람이여,

역설

남들은
하늘이 맑다는데
내게는 흐리기만 합니다.

남들은
산빛이 푸르다는데
내게는 어둡기만 합니다.

남들은
꽃들이 웃고 있다는데
내게는 울고 있기만 합니다.

당신을 만난 후
나는 어찌 이렇게 되었습니까,
아는 것을 모르는 것이
모르는 것을 아는 것보다 더 어렵다는 것을
나는 이제야 깨닫습니다.
가시려면
화려한 이 봄날에 가시기를……

남들은 괴롭다 하므로
내겐 이별도 아마
행복이 될 것입니다.

나는 무엇입니까

나는 무엇입니까.
나는 나를 모르겠습니다.
내가 지하철의 유리창에
입김으로 당신의 얼굴을 그리고 있을 때
사람들은 나를 천치라 일렀습니다.

내가 비 내리는 서울역 광장에서
당신을 애타게 부르고 있을 때
사람들은 나를
미친 자라 일렀습니다.

내가 종로의 길바닥에
망연히 당신의 이름을 쓰고 있을 때
사람들은 나를
거지라 일렀습니다.

나는 정녕 무엇입니까,
당신의 입김이 되어
허공중에 흩어지는 한 줄기 바람이라 일러도 좋습니다.

꽃이 꽃이듯
별이 별이듯
나는 당신의 무엇입니까,

종적

소문은 무성한데
당신은 종적이 없었습니다.
어떤 이는 무교동 술집에서 보았다 하고,
어떤 이는 종로의 극장가에서 보았다 하고,
또 어떤 이는
엘, 에이(L.A) 공항의 로비에서 보았다 하고,

소문은 무성한데
당신은 아무데도 없었습니다.
할미새 따라
할미새 가는 곳엔
외로운 질경이꽃 하나,

무당새 따라
무당새 가는 곳엔
서러운 가시풀꽃 하나,

쏙독새 따라
쏙독새 가는 곳엔

가녀린 파리풀꽃 하나,

그러나
풀죽어 돌아서는 나의 어깨 위에서
할미새 한 마리가 속삭입니다.
五月오월 첫새벽 햇살을 머금은
질경이꽃 이슬을 보았습니까,

망연히 돌아서는 나의 등뒤에서
무당새 한 마리가 속삭입니다.
七月칠월 첫소낙비에 함초롬히 젖은
가시풀꽃 잎새를 보았습니까,

열없이 돌아서는 나의 귓가에서
쏙독새 한 마리가 속삭입니다.
九月구월 첫서리에 자신을 하얗게 말리는
파리풀꽃 대궁을 보았습니까,

감옥

하늘이 이렇게 푸르른 날,
이처럼 당신이 그립기만 한 것은
내가 감옥에 있기 때문이라는 것을
왜 아직 몰랐을까요.

햇살이 이렇게 눈부신 날,
이처럼 당신이 보고 싶기만 한 것은
내가 감옥에 있기 때문이라는 것을
왜 아직 몰랐을까요.

해질녘
한 마리 거미가 허공에 집을 짓고
스스로 그 안에 갇히듯
말씀으로 짜아 엮은 나의 감옥,

그 줄에
영롱히 맺힌 빛 하나가
실은
밤하늘에 반짝이는 별이 아니라

아침이면 사라질 이슬이었다는 것을
왜 나는 이제껏 몰랐을까요.

홀로가 아니랍니다

홀로라니요,
울 밑의 작약이
겨우내 언 흙을 밀치고 뾰족이
새움을 틔울 때
거기서 당신의 부드러운 손길을 보았는데요.

홀로라니요.
뒤란의 청포도가
푸른 하늘을 닮아 알알이
익어갈 때
거기서 당신의 눈빛을 보았는데요.

홀로라니요.
뜰의 국화가
노오란 그 꽃잎을 함빡
터뜨릴 때
거기서 당신의 향기로운 입김을 맡았는데요

홀로라니요.

홀로 이 세상을 어떻게 살아갈 수 있겠습니까,
뒤꼍의 소나무가
눈밭에 솔방울 하나를 툭 던질 때
거기서 당신의 말씀을 들었는데요.

하늘이 이렇게 푸르른 날,
내 어찌 당신 없이 홀로
이 세상을 살아 갈 수가 있겠습니까.

내 안의 당신

진정으로 나를 사랑한다면
네 자신을 사랑하라던 당신의 그 말뜻을
나는 그때 미처 몰랐습니다.
당신의 종인 나를
내가 어찌 당신보다 더 사랑할 수 있겠습니까.
꽃피는 봄날 길을 걷다가
나는 문득
성큼성큼 앞서가는 한 사람을 부지런히
좇았습니다.
그의 뒷모습이 분명
당신 같았기 때문입니다.
그러나 그는
내 스승이었습니다.
비 내리는 어느 여름날 나는
뒤따르는 한 사람을 돌아보았습니다.
그의 말소리가 분명 당신의 음성 같았기 때문입니다.
그러나 그는
내 제자였습니다.
눈 내리는 어느 겨울날

눈길에 미끄러지면서 나는 얼른 곁에 있는 한 사람을
또 붙들었습니다.
어쩐지 그가 당신처럼 믿음직스러워 보였기 때문입니다.
그러나 그 역시 당신이 아니라
내 아내였습니다.
당신은 내 앞에도 뒤에도
그리고 곁에도 있지 않았습니다.
내 눈동자에 들지 않은 빛이
빛이 아니듯
나의 밖에 있는 당신이 어디 당신이겠습니까,
당신이 이미 내 안에 들어 있음을 나는
이제야 비로소 알았습니다.

참다운 거짓

사실은 거짓이었나요.
나의 눈물로
영롱한 진주를 만들어주겠다는 그 말씀,
울어서 울어서 이제 내 가슴엔
눈물이 말랐답니다.

사실은 거짓이었나요.
나의 웃음으로
반짝이는 보석을 만들어주겠다는 그 말씀,
웃어서 웃어서 이제 내 얼굴엔
웃음도 말랐답니다.

나는 지금
바보,
속이 텅 빈 그릇,
스스로 자신을 태워 적막하게

공간을 밝히는
불,

그러나 이제 나는 알았습니다.
당신의 나라에선 기실
텅 빈 마음이 보석이라는 것을,
당신을 맞이하기 위해선
미움도 사랑도
버려야 한다는 것을,

그러므로 당신은 진정
내게 약속을 지키셨습니다.
눈물과 웃음의 보석을 만들어주셨습니다.

나를 돌려주세요

이제 그만 나를
놓아주세요.
당신과 눈맞춤한 죄로 빼앗아간
내 시력을 돌려주세요.
예전처럼 나도 한 마리 눈 밝은
다람쥐 되어
눈밭에 열린 빨간 개암을 따서
가엾은 내 새끼들을 기르렵니다.

이제 그만 나를
놓아주세요.
당신과 입맞춤한 죄로 빼앗아간
내 언어를 돌려주세요.
예전처럼 나도 한 마리 목청 고운
묏비둘기가 되어
꽃피는 날
사랑을 속삭이고 싶답니다.

이제 그만 나를

놓아주세요.
당신과 뺨맞춤한 죄로 빼앗아간
내 청각을 돌려주세요.
예전처럼 나도 이제
귀 밝은 한 마리의 여우가 되어
달빛 푸른 갈밭에서 친구들과
노래를 부르고 싶답니다.

아아, 이제 그만 처음대로 돌려주세요.
나는 이제 한 마리 순하디순한
짐승으로
살고 싶답니다.

꿈길

얼마나 애태우던 만남이더냐,
순아, 너는
자꾸만 자꾸만 어디론지 달아나고
술래처럼 어디론지 도망가고
내 가슴에 남은 건
해맑은 네 눈빛 뿐이다.
얼마나 짧은 입맞춤이더냐,
퍼뜩 눈을 뜨면 너는 없고
잡힐 듯, 잡힐 듯 머리카락 하나
허공에 숨고
내 가슴에 남은 건
가녀린 네 숨결 뿐이다.
이리, 승냥이도 잠이 든
이승의 강변은 바람 뿐인데
강 건너 하얗게 나부끼는
옷자락
너의 것이냐,

이 아침

봄비에 촉촉히 젖은 베개 맡엔
백목련이 피었다.
그 눈짓과 숨결로 피어오른
빛과 香향.

님은 가시고

님은 가시고
꿈은 깨었다.

뿌리치며 뿌리치며 사라진 흰옷,
빈손에 움켜쥔 옷고름 한 짝,
맺힌 인연 풀 길이 없어
보름달 보듬고 밤새 울었다.

열은 내리고
땀에 젖었다.

휘적휘적 사라진 님의 발자국,
江강가에 벗어 논 헌 신발 한 짝,
풀린 인연 맺을 길 없어
초승달 보듬고 밤새 울었다.

베갯머리 놓여진 藥湯器약탕기 하나,
이승의 봄밤은 열에 끓는데,

님은 가시고
꿈은 깨이고.

반지

풀데미에 숨었을까,
꽃데미에 숨었을까,
님이 주신 반지 하나,
잃어버린 보석 하나,

나는 이렇게 자유로운데,
눈부시게 푸르른 진초록인데,
뻐꾹새 눈먼 울음
노을로 타는데,

내 손가락에서 풀려난
반지 하나,
도르르, 이승을 輪廻윤회하여
시든 풀섶에
묻히고 없다.
또아리를 튼 뱀이여, 하늘이여,

보석으로 묻힌
하늘이여,

이름을 부르면 하나씩 깨어나는
잠든 짐승이여,

초록으로 피었을까,
빨강으로 피었을까,
님이 주신 반지 하나,
잃어버린 보석 하나,

피리

외로운 날에는
피릴 불었다.
텅 빈 가슴을 울리는
바람 소리.

喜희, 怒노, 哀애, 樂락
네 개의 구멍은 깨졌구나,
여윈 손으로
등을 두드리며
마주대는 입술과 입술.

피리는
목이 渴갈한 자에게만
선율이 된다.
비어 있으므로 飛翔비상하는
날개.

외로운 날에는
江강가에 홀로 앉아

피릴 불었다.
깨진 肉身육신은 비에 젖는데
虛無허무의 空間공간을 울리는
바람 소리, 파도 소리,
또 바람 소리

흰구름

연못에 떠오르는
연꽃 하나.
연꽃 잎에 구르는
이슬 하나.
이슬 위를 스치는
바람 하나.

거울에 떠오르는
얼굴 하나.
그 뺨 위로 구르는
눈물 하나.
눈물 위를 스치는
한숨 하나.

어이할꺼나
빈 사립 해어름 꽃잎 지는데
빈 가슴 목마름 금이 가는데

바람인 듯, 한숨인 듯, 꽃 향기인 듯,

동구 밖 사라지는
옷자락 한끝.
여름 하늘 스러지는
흰구름 한끝.

바람 소리

육신으로 타고 오는
바람 소리.
잘 있거라, 잘 있거라,
해어름 나루터에 달빛 지는데
강 건너 사라지는 님의
말소리.

肉身육신으로 타고 오는
갈잎 소리.
잘 가거라, 잘 가거라,
세모시 옷고름엔 별빛 지는데
속눈썹 적시는 가을
빗소리.

이승은 강물과 바람뿐이다.
옷고름 스치는 바람뿐이다.
치마폭 적시는 강물뿐이다.

肉身육신으로 타고 오는

물결 소리,
마른 河床하상 적시는 가을
빗소리.

봄은 무엇하러 오는가 이 눈 녹으면 구만리 후미진 길 떠나갈 당신. 봄강물 얼음 풀려 울어 예듯이 절벽 하나 감싸안고 울어 예듯이 강물 따라 구만리 가야 할 당신.

「봄은 무엇 하러 오는가」 중에서

2

하늘의 시

꽃씨를 묻듯

꽃씨를 묻듯
그렇게 묻었다.
가슴에 눈동자 하나,
讀經독경을 하고, 呪文주문을 외고
마른 장작개비에
불을 붙이고
언 땅에 불씨를 묻었다.
꽃씨를 떨구듯.
그렇게 떨궜다.
흙 위에 눈물 한 방울,
돌아보면 이승은 메마른 갯벌,
木船목선 하나 삭고 있는데,
꽃씨를 날리듯
그렇게 날렸다.
강변에 잿가루 한줌,

젖은 꿈

모래알로 부비며 산다.
물방울로 부비며 산다.
해 뜨면 젖은 몸 말리며
달 뜨면 젖은 꿈 말리며
사팔뜨기, 사팔뜨기,
서러운 게 〔蟹해〕

내 꿈의 바다에
사리 부풀어
하늘이 치마끈을 풀면
별들은 하나씩 눈으로 들어와
진주가 되고,
진주는 또 하나의
목숨을 키운다.

물 나가면
소금밭에 쓰러져 게들과 놀고
물 오르면
동백 숲에 쓰러져 물새들과 놀고

모래알로 부비며 산다.
물방울로 부비며 산다.
갯바람에 젖은 손 말리며
海潮音해조음에 젖은 귀 말리며
귀머거리, 귀머거리,
서러운 육신.

찻잔

차를 끓인다.
欲情욕정의 불이 쇠할 때까지
주발의 물을
달구고
사랑하는 사람 앞에
꿇어앉아
靑磁茶器청자다기를 편다.
육신은
영혼이 갈할 때만
켜지는 등불,
그 등불 앞에서
입술을 적시고
盞잔을 비운다.
진실로 사랑이란
비움으로써 가득 차는
공간,
그대 손으로
채워지는 盞잔,

차를 끓인다.
欲情욕정의 불을 삭인다.

순결

무엇이랄 수 있겠습니까,
당신이 보아준 적 없는
꽃,
의미없는 무인칭의 그것.
무엇이랄 수 있겠습니까,
당신이 불러준 적 없는
숲,
이름 없는 미지칭의 아무것.
무엇이랄 수 있겠습니까,
당신이 밟으신 적 없는
풀,
감각 없는 부정칭의 어떤 것.
그러나 님이여
나는 지금 당신의 화단에서 다소곳이 피는
한 떨기 장미가 되고 싶어요.
풀과 숲을 헤치고 내게 와서 이제
나를 장미라 불러주세요.
이 황막한 광야에 고운 길 하나
당신의 발길로 내주세요.

봄은 무엇하러 오는가

봄은 무엇하러 오는가,
이 눈 녹으면
떡갈 마른 등걸에도 물기가 돌아
앞 다투어 새 잎을 피워내겠지.
바위 틈에 자라던 제비초롱도
살포시 고개 들어 하늘 보겠지.
물웅덩이 얼어 있던 송사리떼도
부지런히 햇빛 쪼아 새끼치겠지.
종달새 지지배배 솟아올라서
서럽도록 옛이야기 쏟아놓겠지.
진달래, 산당화 제철을 맞아
온 산은 까르르 웃음판인데
봄은 무엇하러 오는가.
이 눈 녹으면
구만리 후미진 길 떠나갈 당신,
봄강물 얼음 풀려 울어 예듯이
절벽 하나 감싸안고 울어 예듯이
강물 따라 구만리 가야 할 당신.

푸르른 날에

나는 왜 장미꽃이 못 되어서
슬픈가.
자운영, 민들레, 실망초……
흐드러지게 피는 봄언덕에,

나는 왜 꾀꼬리가 못 되어서
슬픈가.
참새, 굴뚝새, 개개비……
다투어 노래하는 봄하늘에,

나는 왜 금강석이 못 되어서
슬픈가.
조약돌, 자갈돌, 은모래……
저마다 반짝이는 봄강변에,

나는 왜 당신 곁에 있어도 항상
슬프기만 하는가.
누구나 고운 사람 하나씩 갖는
눈이 부시게 푸르른 날에,

먼 후일

먼 항구에 배를 대듯이
나 이제 아무데서나
쉬어야겠다.
동백꽃 없어도 좋으리,
해당화 없어도 좋으리,
흐린 수평선 너머 아득한 봄하늘 다시
바라보지 않아도 된다면……
먼 항구에 배를 대듯이
나 이제 아무나와
그리움 풀어야겠다.
갈매기 없어도 좋으리,
동박새 없어도 좋으리.
은빛 가물거리는 파도 너머 지는 노을 다시
바라보지 않아도 된다면……
가까운 포구가 아니라
먼 항구에 배를 대듯이
먼 후일 먼 하늘에 배를 대듯이.

하늘의 시

어스름 깔리는 마당귀에는
감꽃만 수북이 떨어져 있었다.
사립 밖엔 한나절
물 나는 소리.
윤사월 조금날 썰물이 길어
바다가 빈 개펄 드러내듯이
아, 나도
가진 것이라곤 시의 묘망한 하늘뿐,
너를 두고 한세상 살아왔다.
애비 없이 태어난 나는
에미도 일찍 잃어
세 살에 든 열병을 아직도 고치지 못한 채
이마는 항상 뜨겁기만 하다.
내 시의 먼 하늘, 노을에 맺힌 그 이슬이
밤바다에 반짝이는 별이 될 수 없음을
나 너로 인해 비로소 알았노니
이제 더이상 속지 않으리라.
네가 가고 또 그로 하여 시마저 버린다면

이 세상 슬퍼할 그 무엇이 아직
남아 있으리.

먼 사람

아른아른 수평선 너머로부터
은빛 파도로 달려와
가지 끝에서
일제히 반짝이는 잎새들.
안고,
쓰러져,
뒹구는
기다린 자와 돌아온 자의 저
격정의 순간을
봄은
잎으로, 꽃으로 터뜨리는데
동백꽃 피고
동백꽃 지고
끝내 소식 없는 그대
먼
사람아.

시인

당신은 어디 계십니까,
당신은 항상 향기로 오셨습니다.
꽃 속에 계십니까,
치자꽃 여린 화방에 숨어 계십니까,
당신은 어디 계십니까,
당신은 항상 음률로 말씀하셨습니다.
숲에 계십니까,
대숲을 울리는 바람 속에 숨어 계십니까,
당신은 어디 계십니까,
당신은 항상 빛으로 보이셨습니다.
별 속에 계십니까,
새벽하늘에서 가장 영롱하게 빛나는
모작별 속에 숨어 계십니까,
당신은 어디 계십니까,
아, 눈멀고 귀먼 나는
진정 당신의 시인이
되지 못하나 봅니다.
아무데나 있으면서 아무데도 없는
당신은 정녕 누구십니까,

너를 보았다

너를 보았다.
문 밖에서,
닫혀진 宇宙우주 밖에서,
너를 보았다.
가지 끝에서,
어두운 하늘 끝에서
너를 보았다.
보이는 것은 안개, 눈 내리는 저녁 불빛,
불빛 가득 고인 발자국.
자작나무 숲에 울던 바람은
시방 내 귀밑머리를 날리고
깨어진 피리 하나,
눈 속에 묻혀 있다.
너를 보았다.
문 밖에서
닫혀진 宇宙우주 밖에서
너를 보았다.
하나의 별, 한 마리의 새,
너를 바라보는 절망의 눈.

완전한 소유

맨 처음 당신을 보았을 때
자꾸만 내게서 한눈을 파셨으므로
나는 당신의
잔잔한 눈이 되고 싶었습니다.

맨 처음 당신을 만났을 때
내 말씀에 건성이셨으므로
나는 당신의
밝은 귀가 되고 싶었습니다.

맨 처음 당신이 약속을 주셨을 때
어쩐지 그 말이 믿기지 않았으므로
나는 당신의
외로운 그림자가 되고 싶었습니다.

그러나 지금 나는
당신의 아무것도 되지 않으려 합니다.
완전한 자유가
완전한 소유임을 아는 까닭에……

오해

무슨 일로 그렇게
노여움을 사셨나요.
당신이 다시 찾아주지 않는
나는
당신의 서가에 꽂혀 잊혀진 책 속의
시행 한 줄,
당신의 램프에 켜진 불을 사랑하다가
일기장에 끼어 박제가 되어버린
부나비처럼
이제 굳어버린 글자가 되고 말았습니다.
누가 당신께 모함했나요.
'사랑이란 멀리서 지켜보는 일' *이라는 시집 속의
그 말씀,
사실은 당신 곁에 있고 싶다는 뜻이었던걸.
나 여기 있어요.
당신의 서가 두번째 선반
왼쪽으로부터 열한번째 꽂힌
『꽃들은 별을 우러르며 산다』.
노여움을 풀고

다시 나를 펼쳐주세요.
나는 당신의 하얀 원고지 위를 날으는
한 마리 파랑새가 되고 싶답니다.

* 시집 「꽃들은 별을 우러르며 산다」에 수록된 〈원시遠視〉의 일절.

당신의 피리

나는 당신의
피리인지 모릅니다.
당신의 부드러운 손길이 내 육신을 애무할 때마다
이, 목, 구, 비—
다섯 개의 구멍에서
솟아나는 음률,
푸르른 봄날 당신이
강언덕에 앉아 피리를 불면
나는 아지랑이 되어
이 세상의 꽃봉오리들을 터뜨리고,
쓸쓸한 가을날 당신이
산언덕에 앉아서 피리를 불면
나는 갈바람이 되어
이 지상의 나뭇잎들을 떨어뜨리고,
나는 꿈꾸는 허공,
텅 빈 구멍,
당신의 피리인지 모릅니다.
아니 당신의
피리랍니다.

화가

당신의 입은 연꽃처럼
그리렵니다.
당신의 코는 白玉백옥처럼 그리렵니다.
당신의 귀는 水晶수정처럼 그리렵니다.
당신의 눈썹은 반달처럼 그리렵니다.
그러나
당신의 눈만은 그릴 수가 없습니다.
당신의 눈빛이 너무나 황홀하기 때문입니다.
당신의 시선이 너무나 눈부시기 때문입니다.
그러므로 님이여,
내가 똑바로 당신을 치어다볼 수 있도록
잠깐 동안이라도 한번 내게
눈을 감아주세요.
그러나, 그러나
내가 그린 님은 님이 아닙니다.
감은 눈의 당신은 당신이 아니기 때문입니다.
나는 님을 그릴 수가 없습니다.

누가 사랑을 열병이라 했던가, 들뜬 꽃잎에 내리는 이슬처럼 마른 입술을 적시는 한 모금의 물. 기다림에 지치거든 나의 사람아, 등 꽃 푸른 그늘 아래 앉아 한 잔의 차를 들자.

「그리움에 지치거든」 중에서

3

내 바다에서 뜨던 별

문 밖에서

당신은
어디에 숨어 계십니까,
당신이 계신 곳을 찾으려고
나는
꽃의 문 앞에서 서성거렸습니다.
당신은 아름답기 때문입니다.

— 꽃의 문을 열자 향기가 있었습니다. 향기의 문을 열자
바람이 있었습니다. 바람의 문을 열자 하늘이 있었습니다.
하늘의 문을 열자 빛이 있었습니다. 빛의 문을 열자 무지개
가 있었습니다. 무지개의 문을 열자 비가 내렸습니다. 비의
문을 열자 나무가 있었습니다. 나무의 문을 열자 다시 꽃이
있었습니다.

당신은 어디에 숨어 계십니까,
나는 항상 당신의
문밖에 서 있습니다.
모든 아름다운 것들은 언제나 문밖에
서 있습니다.

시인과 광인

괴로움도
행복하다고 말했을 때
나를 가리켜 어떤 이는 미쳤다 하고
또 어떤 이는
시인이라고 하였습니다.
단지 나는 당신을 사랑하고 있을
뿐인데……

세상에는 아마
詩人시인이나 狂人광인이 아닌 사람들도
사나 봅니다.

그러면 나는
광인이면서 시인입니까 아니면
시인이면서 광인입니까,
아닙니다.
나는 결코 이 두 사람이 아닙니다.

시인은 사랑에 미친 자이지만 광인은

미움에 미친 자이기 때문입니다.
나는 다만 당신의
시인일 따름입니다.

천년의 잠

강변의 저 수 많은 돌들 중에서
당신이 집어 지금
손 안에 든 돌,
어떤 돌은
禾巖寺화암사 중창 彌陀殿미타전의 셋째 기둥 주춧돌로
놓이기를 바라고,
어떤 돌은
어느 시인의 서재 한 귀퉁이에 나붓이 앉아
시가 씌어지지 않는 밤, 그의 빈 원고지 칸을 지키기를
바라고,
또 어떤 돌은
어느 순결한 죽음 앞에 서서 萬代만대의 義의를 그의 붉은
가슴에 새기기를 바라지만
아, 나는 다만 당신이
물수제비 뜨듯 또다시 강가에 나를
팽개치지 않기만을……
아무도 깨워주지 않은 천년의 잠은
죽음보다 더 잔인할지니
흙 위에 엎드려 잠들기보다는

급류 속의 일개
징검다리가 되리라.
그러므로 님이여, 장난삼아 던질 양이면 차라리
거친 물살에 던지시라.
그리하여 먼 후일 당신이 다시 찾아오시는 날,
나는 즐겨 내 몸을 당신 앞에 바치리니
당신은 주저 말고 내 등을
밟고 건너시기를……

겨울밤

창 밖엔 소록소록 하얀 눈이
내리고
방안의 나는
열에 까무러치며
망연히 내 이름을 불러봅니다.
오늘같이 포근하게 추운 날에는
꿩, 비둘기, 토끼, 노루, 다람쥐들도 어디선가
자신들의 보금자리를 틀고 있겠지요,
꿩 가족은 아마 아빠가 따온 빨간
산수유 열매를,
다람쥐 가족은 아마 엄마가 물어온 노오란
도토리 열매를
도란도란 까먹고 있을지 모릅니다.
창 밖에는 하얀 눈이 소록소록
내리는데
방안에는 촛불 하나 가물가물
이우는데
땀에 흔곤히 젖은 나는 열에서 막 깨어나
가만히 내 이름을 불러봅니다.

어쩐지 당신의 이름을 불러서는
안 될 것 같기 때문입니다.
꿩, 비둘기, 토끼, 노루, 다람쥐들도 어디선가
자신들의 보금자리를 트는
겨울밤,
창 밖에는
소록소록 하얀 눈이 내리고……

전신주

한때는 초록제비
깃을 치고
민들레 꽃씨도 와서 놀았더니라,
어느 먼 그리움이 있기에
이 밤 홀로
별빛을 우러르느냐,
情정으로 찰랑대던 강물은
얼어붙고
마른 갈대 바람에 서걱이는데
雪原설원에 우두커니 서서 우는
사내여,
더 이상 재회를 다짐치 마라,
돌이킬 수 없는 두 가닥
訣別결별의 길은 끝이 없느니
겨울은
그리움이 죄가 되는 계절인 것을.

푸르른 봄날엔

강가에 가면
깨진 사금파리로 남아 있을까.
잃어버린 젊은 날의 은구슬 하나.
꽃잎 하롱하롱 지던
봄날 저녁,
결별의 싸늘한 손등 위에
떨어지던 눈물.
바다에 가면
찾을 수 있을까,
마른 갯벌 위에서 반짝이던 소금기,
파르르 떨던 손가락에
끼워준 금강석.

푸르른 봄날엔
강가로 가자,
그리운 봄날엔
바다로 가자.

그리움에 지치거든
—ㅈ에게

그리움에 지치거든
나의 사람아,
등꽃 푸른 그늘 아래 앉아
한 잔의 차를 들자.
들끓는 격정은 자고
지금은
平衡평형을 지키는 불의 물,
靑磁 茶器청자다기에 고인 하늘은
구름 한 점 없구나,
누가 사랑을 열병이라 했던가,
들뜬 꽃잎에 내리는 이슬처럼
마른 입술을 적시는 한 모금의 물.
기다림에 지치거든
나의 사람아,
등꽃 푸른 그늘 아래 앉아
한 잔의 茶차를 들자.

목련꽃

드디어 활짝 피었구나,
나는 어쩌란 말이냐.
나의 사람은 아직도
소식이 없는데
푸른 꽃 그늘에 앉아 이 봄날을
나는 어떻게 살란 말이냐.
지난 겨울 밤,
등피를 밝혀 쓰던 편지는
끝내 전할 사람이 없고
두견새는 밤새 저리 울고
봄비는 강물 되어 흐르더니
드디어 활짝 피었구나,
뜰의 백목련 한 쌍.
네가 없는 봄을
이 푸른 꽃 그늘의 대낮을
나는 어떻게 살란 말이냐.
드디어 목련은
활짝 피었는데.

이 그리움

푸르른 봄날엔
편지를 쓰자,
이 그리움 시로 써서
멀리 보내자,
옷깃 풀어헤친 꽃향기 태워
팔랑 팔랑 나비 하나 날려 보내자.

푸르른 봄날엔
피리를 불자,
이 그리움 선율 엮어
멀리 보내자,
귀밑 머리 간질이는 꽃바람 태워
하롱하롱 꽃잎들을 날려 보내자.

기다림에 지친 사람아
외로움에 지친 사람아
갈 산 빈자리에 봄 눈 녹는데,
갈 꽃 빈자리에 초록 드는데,

푸르른 봄날엔
강가에 가서
이 그리움 시로 써
물에 띄우자.

내 바다에서 뜨던 별
―人에게

내 바다에서 뜨던 별은
이젠 다시 뜨지 않습니다.
님의 고운 손가락의
반지에서 뜨기 때문이지요.

내 꽃밭에서 피던 꽃들은
이젠 다시 피지 않습니다.
님의 고운 이마의
七寶花冠칠보화관에서 피기 때문이지요.

세상은 가을이라 하는데
님은 잠들고
이 밤 새면 겨울이라 하는데
님은 꿈꾸고
나는 이별이 서러운 님의
연인이랍니다.

내 靈魂영혼에서 타던 촛불은
이젠 다시 타지 않는답니다.

이별을 긋는 밤,
마지막 그를 위해 밝혔기 때문이지요.

편지

나무가
꽃눈을 틔운다는 것은
누군가를 기다린다는 것이다.

찬란한 봄날 그 뒤안길에서
홀로 서 있던 수국
그러나 시방 수국은 시나브로
지고 있다.

찢어진 편지지처럼
바람에 날리는 꽃잎,
꽃이 진다는 것은
기다림에 지친 나무가 마지막
연서를 띄운다는 것이다.

이 꽃잎, 우표대신 봉투에 부쳐 보내면
배달될 수 있을까.
그리운 이여,
봄이 저무는 꽃 그늘 아래서

오늘은 이제 나도 너에게
마지막 편지를 쓴다.

그리운 이 그리워

그리운 이 그리워
마음 둘 곳 없는 봄날엔
홀로 어디론가 떠나 버리자.
사람들은
행선지가 확실한 티켓을 들고
부지런히 역구를 빠져 나가고
또 들어오고,
이별과 만남의 격정으로
눈물 짓는데
방금 도착한 저 열차는
먼 남쪽 푸른 바닷가에서 온
완행.
실어 온 동백꽃잎들을
축제처럼 역두에 뿌리고 떠난다.
나도 과거로 가는 차표를 끊고
저 열차를 타면
어제의 어제를 달려서
잃어버린 사랑을 만날 수 있을까.
그리운 이 그리워

문득 타 보는 완행 열차
그 차창에 어리는 봄날의
우수.

이별의 말

설령 그것이
마지막의 말이 된다 하더라도
기다려 달라는 말은 헤어지자는 말보다
얼마나
아름다운가.
이별은 말로 하는 것이 아니라
눈으로 하는 것이다.
"안녕",
손을 내미는 그의 눈에
어리는 꽃잎,
한때 격정으로 휘몰아치던 나의 사랑은
이제 꽃잎으로 지고 있다.
이별은 봄에도 오는 것,
우리의 슬픈 가을은 아직도 멀다.
기다려 달라고 말해 다오.
설령 그것이
마지막의 말이 된다 하더라도,

遠視

멀리 있는 것은
아름답다.
무지개나 별이나 벼랑에 피는 꽃이나
멀리 있는 것은
손에 닿을 수 없는 까닭에
아름답다.
사랑하는 사람아,
이별을 서러워하지 마라,
내 나이의 이별이란
헤어지는 일이 아니라 단지
멀어지는 일일 뿐이다.
네가 보낸 마지막 편지를 읽기 위해선
이제
돋보기가 필요한 나이,
늙는다는 것은
사랑하는 사람을 멀리 보낸다는
것이다.
머얼리서 바라다볼 줄을
안다는 것이다.

5월

어떻게 하라는
말씀입니까.
부신 초록으로 두 눈 머는데
진한 향기로 숨 막히는데
마약처럼 황홀하게 타오르는
육신을 붙들고
나는 어떻게 하라는
말씀입니까.
아아, 살아 있는 것도 죄스러운
푸르디 푸른 이 봄날,
그리움에 지친 장미는 끝내
가시를 품었습니다.
먼 하늘가에 서서 당신은
자꾸만 손짓을 하고.

사랑

잠들지 못하는 건
波濤파도다. 부서지며 한가지로
키워내는 외로움,
잠들지 못하는 건
바람이다. 꺼지면서 한가지로
타오르는 빛,
잠들지 못하는 건
별이다. 빛나면서 한가지로
지켜가는 어두움,
잠들지 못하는 건
사랑이다. 끝끝내 목숨을
拒否거부하는 칼.

봄이 온다는 것은 아득히 누군가를 사랑한다는 것이다. 가지에 물 오르듯 아아, 초록으로 번지는 이 슬픔.

「아득히」 중에서

4

너, 없음으로

後悔

능금이
그 스스로의 무게로 떨어지는
가을은 황홀하다.
매달리지 않고
왜 미련 없이 떠나가는가.
태양이
그 스스로의 무게로 떨어지는
황혼은 아름답다.
식지 않고
왜 바다 속으로 잠기는가.
지상에 떨어져
꺼지지 않고 잠드는
불꽃이여
우리도 능금처럼 태양처럼
스스로 떠날 수는 없는 것인가.
가장 찬란하게 잠드는 별빛처럼
잊을 수는 없는 것인가.
버릴 수는 없는 것인가.

너, 없음으로

—K에게

너 없으므로
나 있음이 아니어라.

너로 하여 이 세상 밝아오듯
너로 하여 이 세상 차오르듯

홀로 있음은 이미
있음이 아니어라.

이승의 강변 바람도 많고
풀꽃은 어우러져 피었더라만
흐르는 것 어이 바람과 꽃뿐이랴,

흘러 흘러 남는 것은 그리움,
아, 살아 있음의 이 막막함이여.

홀로 있으므로 이미
있음이 아니어라.

봄밤

금간 항아리여라,
靑玉청옥빛 하늘은 깨지고,
七寶칠보의 별들은 부서지고,
빈방 홀로 새는 등불이어라.

금간 봄밤이어라,
실비 여윈 뺨에 흘러내리고,
江강바람 마른 河床하상 휘몰아치고,
잔물결에 뒤척이는 나룻배 하나.

어디로 갈까,
天地四方천지사방에 님의 말소리.
天地萬物천지만물에 님의 숨소리.
어디로 갈까,
뒤척이는 비단 요에
금팔찌 하나,

금간 寶石보석이어라
靑玉청옥빛 하늘은 깨어지고
七寶칠보의 별들은 부서지고

별

님의 기침 소리는
하늘의 별들을 떨어뜨리고
지상의 나는 치마폭으로
추락한 寶石보석들을 줍는다.

치마폭에는 또 하나의 하늘.
흰구름이 흐르고,
붙박이 새가 날고,
銀箔은박으로 수놓인 가을이 있고,

나는 내 하늘의 가을의
왕이더니라.
王冠왕관의 그 어즈러운 寶石보석처럼
내 이마 위에서 찬란하게 부서지는
消滅소멸.

님의 기침 소리가
하늘의 별들을 하나씩
떨어뜨릴 때마다

地上_{지상}의 나는 치마폭으로
추락한 그리움들을 줍고.

別詞後

마당귀에서
사립문 너머로 보면
너는 하늘대는 댕기로 사라지고,
섬돌 위에서
사립문 너머로 보면
너는 나풀대는 옷고름으로 사라지고,
마루에서
사립문 너머로 보면
너는 펄렁이는 치맛자락으로 사라지고,

온 종일 실성한
먼 산
바래기.

앞산엔 木水菊목수국 활짝 피는데,
뒷산엔 찔레꽃 곱게 피는데,

사립문 밖에서
밭둑 너머로 보면

너는 아지랑이로 사라지고,
동구밖에서
언덕너머로 보면
너는 물 안개로 사라지고,
고갯 마루에서
하늘 너머로 보면
너는 흰 구름으로 사라지고,

우리

항상 앞만 바라보지만 말아요.
가끔은
뒤돌아 볼 줄도 아세요.
때로는 기쁜 날도 있었지만,
때로는 슬픈 날도 있었지만
거기 우리가 있지 않아요?

항상 밖을 쳐다보지만 말아요.
가끔은 안을 들여다 볼 줄도 아세요.
때로는 고운 날도 있었지만
때로는 미운날도 있었지만
거기 당신이 있지 않아요?

인생이란 그런 것,
가을 날 단풍잎 곱게 지듯
언제인가 한 번은 떠나는 것
이제 우리
늘 푸른 잎새로 살아요.

別詞

어디에나 너는 있다.
산 여울 맑은 물에 어리는
서늘한 너의 눈매,
눈은 젖어 있구나.
솔 숲 바람에 어리는
청아한 너의 음성,
너는 속삭이고 있구나.
더 이상 연연해 하지 않기로 했다.
이별이란 흐르는 강물인 것을,
이별이란 흐르는 바람인 것을,
더 이상 돌아보지 않기로 했다.
싸락눈 흩뿌리는 겨울 山房산방에
서러운 듯 피어오른 난 한송이,
시방 너는 내 앞에서 울고 있구나.

諜詞

너를 보았다.
샌프란시스코에서, 산 호세에서
무심히 인파 속으로 사라지는
너를 보았다.
서울의 공항에서,
하얗게 하얗게 손을 흔드는
네 얼굴은 보이지 않고,
耳이, 目목, 口구, 鼻비,
눈썹의 이슬은 보이지 않고
하얗게 하얗게 흔드는 손만이
안개 속으로 흐려지는
태평양엔 비가 내리고,
너를 보았다.
망초꽃 언덕 너머 사라지는
하얀 나비.

오오, 너의 것이냐.
문득 창밖에 어리는 그림자 하나,
불현듯 토방에 내려서니

빈 뜰엔 가득히 달빛만 차다.
이슬 함초롬히 받고 선
자정의
분꽃.

너를 꿈꾼 밤.

泣詞

우지마라 냇물이여,
언제인가 한 번은 떠나는 것이란다.
우지마라 바람이여,
언제인가 한 번은 버리는 것이란다.
계곡에 구르는 돌처럼,
마른 가지 흔들리는 나뭇잎처럼
삶이란 이렇듯 꿈꾸는 것.
어차피 한 번은 헤어지는 길인데
슬픔에 지치거든 나의 사람아,
청솔 푸른 그늘 아래 누워서
소리 없이 흐르는 흰 구름을 보아라.
激情격정에 지쳐 우는 냇물도
어차피 한 번은 떠나는 것이란다.

本詞吟春

물소리로 듣고 왔다.
새소리로 듣고 왔다.
순아, 너는 어디 있느냐.
당집 추녀 끝에 언뜻 비친
머리채,
山門산문 기둥 멈칫 펄럭이는 너의
옷고름,
가도 가도 보이는 건 안개 뿐인데,
가도 가도 봄날은 슬픔 뿐인데
봄바람에 홀연히 걷히는
안개,
까르르, 웃는 건 산철쭉이다.
하하하, 웃는 건 山水菊산수국이다.
계곡물 이제 흘러 천리길인데
순아, 난 또
어디로 가야 한단 말이냐,

簡詞

맑은 날,
네 편지를 들면
아프도록 눈이 부시고
흐린 날,
네 편지를 들면
서럽도록 눈이 어둡다.
아무래도 보이질 않는구나.
네가 보낸 편지의 마지막
한 줄,
무슨 말을 썼을까.

오늘은
햇빛이 푸르른 날,
라일락 그늘에 앉아
네 편지를 읽는다.
흐린 시야엔 바람이 불고
꽃잎은 분분히 흩날리는데
무슨 말을 썼을까.
날리는 꽃잎에 가려

끝내
읽지 못한 마지막 그
한 줄.

風詞

바람 소리였던가.
돌아보면
길섭의 동자꽃 하나,
물소리였던가.
돌아보면
여울가 조약돌 하나,
들리는 건 분명 네 목소린데
돌아보면 너는 어디에도 없고
아무데도 없는 네가 또 아무데나 있는
가을 산 해질녘은
울고 싶어라.
내 귀에 짚이는 건 네 목소린데
돌아보면 세상은
갈바람 소리.
갈바람에 흩날리는
나뭇잎 소리.

봄날에

겨울이 가면
봄이 온다는 것
아무도 가르쳐주지 않았지만
봄이 오면
잎새 피어난다는 것
아무도 가르쳐주지 않았지만
잎새 피면
그늘을 드리운다는 것
아무도 가르쳐주지 않았지만

나, 너를 만남으로써
슬픔을 알았노라.
전신에 번지는 이 초록의 그리움을
눈이 부시게 푸르른 봄날의 그
꽃 그늘을,

아득히

봄이 온다는 것은
누군가 이름을 불러 준다는
것이다.
새록새록 눈녹는 소리에
여기저기 언 땅을 밀치고 솟아나는
새 순들.

봄이 온다는 것은
누군가 흔들어 깨워준다는
것이다.
바람에
하나씩 눈 뜨는 나무의
잎새들,

봄이 온다는 것은
누군가를 그리워한다는
것이다.
아른 아른 취해
아지랑이 먼 하늘 황홀하게 우러르는

꽃들의 눈빛,

봄이 온다는 것은
아득히 누군가를 사랑한다는
것이다.
가지에 물오르듯 아아,
초록으로 번지는 이
슬픔.

기다림

火爐화로에 불을 지핀다.
빈방 섣달 하순 어두운 밤,
기다려도 그대는 오지를 않고
뒷문 밖에는 눈 오는 소리.
뒷문 밖에는 갈잎 소리.
눈이 되어 오랴,
바람 되어 오랴,
얼어붙은 이승의 차거운 肉身육신.
귀멀고 눈멀어서 밤은 길다.
빈방 섣달 하순 어두운 밤,
그대의 찬손 녹여 주려고
빈 가슴에 지피는 외로운
불.

사랑이라는 이름의 중간자

송희복(문학비평가)

우리 시대의 대표적인 서정시인 오세영은 사랑만이 인간에 있어서나 인간사에 있어서 가장 참다운 의미를 지닐 수 있다고 믿는 시인이다. 萬海_{만해} 이래로 많은 시인들이 사랑의 존재론적 테마를 천착하려고 했고 그 의미의 심연에로 향하는 문을 두드려 보았으나 오세영만큼이나 사랑에 관한 절심함과 구체성을 얻지 못한 것 같다.

오세영은 김지하, 이성복 등과 더불어 시인이 사랑의 탐구자인 동시에 삶의 구도자가 아니어선 안 된다고 믿어 의심치 않는 시인이다. 이때 시인이란, 지혜를 사모하는 愛智者_{애지자} 내지 영원을 동경하는 이상주의자에 해당되는, 좀 남다른 사람이다. 이런 점에서 볼 때 시인은 매우 인간적이다. 지혜롭지 못한 그리고 영원하지 못한 현실적 삶의 조건에 그가 처해져 있기 때문이다. 철학자는 愛知_{애지}의 학문인 철학을 통해 무지한 상태에서 지혜를 사랑하고 그리워하듯이, 사랑의 탐구자로서의 시인은 사랑을 이루지 못한 현실에서 사랑의 실현을 한없이 갈구한다.

> 잠들지 못하는 건
> 波濤파도다. 부서지며 한가지로
> 키워내는 외로움,
> 잠들지 못하는 건
> 바람이다. 꺼지면서 한가지로
> 타오르는 빛,
> 잠들지 못하는 건
> 별이다. 빛나면서 한가지로
> 지켜가는 어두움,
> 잠들지 못하는 건
> 사랑이다. 끝끝내 목숨을
> 拒否거부하는 칼.

「사랑」 전문

시인은 불면의 나날을 지새면서 사랑의 열병을, 사랑으로 인한 신열을 앓는다. 시인이 도달한 사랑의 실체는 끝끝내 목숨을 거부하는 칼이었다. 즉 역설적으로 말하자면 죽음을 거부하는 칼이다. 이처럼 사랑은 생명에 대한 강렬한 의식이다. 그것은 하나의 망집이요 권력의지이다.

사랑은 생명이다. 언젠가는 소진될 수밖에 없고 또 소진되어야 할 생명……. 하나 생명이되, 그것은 영생이나 불멸

성으로 치장될 수 없다. 플라톤이 일찍이 「향연」Symposium에서 사랑의 본질을 가리켜 아름답고 선한 것을 영원히 소유하려는 욕구라고 설파했듯이, 사랑은 아름답고 선한 것 그 자체가 아니다. 그를 위한 그리움의 化身화신일 따름이다. 요컨대, 오세영에게 있어서는

당신을 만난 후
나는 어찌 이렇게 되었습니까,
아는 것을 모르는 것이
모르는 것을 아는 것보다 더 어렵다는 것을
나는 이제야 깨닫습니다.

「역설」에서

라고 했을 때 비로소 사랑이 갖는 의미의 진정성이 체득되는 것이다. 진정한 의미의 사랑은 사랑이 완전한 것이 아니다, 유토피아가 아니다, 라고 깨달을 때 구현된다. 사랑은 이를테면 완전을 향해 노력하는 과정이거나, 유토피아를 향한 충동 내지 그리움이다. 플라톤 역시 사랑을 '中間者중간자'라고 표현했다. 사랑의 신 에로스Eros는 풍요의 신 폴로스Polos와 빈곤의 여신 페니아Penia 사이에서 태어났다. 사랑이 중간자라는 사실은 愛智애지·Philosophy의 학문인 철학이 지와 무지의 중간에서, 진리와 몽매함의 틈에서 지혜와 진리를 사랑하고 동경하는 무한한 노력의 과정에 존재하고

있다는 데서도 잘 드러나고 있다.

오세영이 사랑의 존재론적 테마를 천착하려고 하는 한 정점에 저「無明戀詩무명연시」가 빛을 발하고 있다. 이「무명연시」를 중심으로 다채롭게 혹은 광채롭게 펼쳐져 있는 오세영의 연시는, 사랑의 감정을 노래한 일반적인 의미의 연시라기보다 사랑 그 자체를 형이상학적인 주제로 심화하거나 승화시킨 매우 이례적인 연시이다. 그의 연시는 대체로 표층구조에 사랑이 존재하고 심층구조에 불교적인 콘텍스트가 잠재해 있다. 그의 사랑 역시 진리와 몽매, 明명과 無明무명, 견성과 미혹 사이에서 부단히 정진(노력)하는 과정에 존재한다. 그 역시 플라톤처럼 사랑을 중간자로 간파했던 것 같다.

다만, 그는 세속적인 의미의 사랑과 불교적인 깨달음이 갖는 상호모순적인 관계에 대해서 이렇게 해답을 던져준 바 있었다.

無明무명이란 다 아는 것처럼 明명에 대한 대립개념으로서 佛敎불교에서 말하는 바 깨달음을 얻지 못한 迷惑미혹의 세계, 윤회전생에 떨어져 번뇌에 시달리는 苦고의 世界세계이다. 戀詩연시란 이와 같은 無明무명에 빠진 자가 지니고 있는 어떤 그리움, 혹은 동경을 뜻한다. 그러나 無明무명이나 戀心연심을 나는 꼭 불교적인 의미로 제한해 쓰고 싶지는 않다. 바르게 말하자면 부처가 어디 戀詩연시를 이야기 했던가, 사랑하는 마음까지도 버리는 것이야말로 열반에 드는 길이라고 그는 가르쳤다. 따라서 이 시의 화자가 애타게 사랑하고 그리워하는 것은 은유적으로 표현된 求法精神구법정신이라고 해석해야 한다〈오세영, 「말의 시선」(혜진서관, 1989), P.127〉.

그렇다! 오세영에게 있어서의 사랑은, 은유적으로 표현된 구법정신이다. 사랑이 한낱 번뇌망상에 불과하고, 애욕은 몽매한 무명의 소치에 지나지 않는다. 그럼에도 불구하고 그가 무엔가 애타게 안타까이 갈구하고 있는 데는, 속화의 차원으로부터 사랑의 개념을 해방시킴으로써 시적 표현으로 재해석되고 解得해득될 새로운 사랑의 개념을 제시하고자 하는 그의 의도가 이미 전제되어 있기 때문일 터이다. 오세영의 연시를 속깊이 꿰뚫어보면 남을 쟁취하기보다는 자신을 버리려는 겸허한 마음이 거기에 있다. 즉 비움으로써 채우려는 것이요, 진리를 향한 에로스적인 충동인 것이다.

나는 지금
바보,
속이 텅 빈 그릇,
스스로 자신을 태워 적막하게

공간을 밝히는
불,
그러나 이제 나는 알았습니다.
당신의 나라에선 기실
텅 빈 마음이 보석이라는 것을,
당신을 맞이하기 위해선
미움도 사랑도
버려야 한다는 것을

「참다운 거짓」에서

김지하에게 있어서 시인이 일쑤 見者견자로 비유될 수 있
다면, 오세영에게 있어서 시인은 때로 海女해녀로 비유된다.
서정주의 「詩論시론」에서도 시인을 「제주해녀」로 비유한 바
있었거니와, 이때 해녀란 무명을 밝힐 수 있는 진주를 찾기
위해 그 어둡디 어두운 欲界욕계로 하강하는 구법의 탐색자
이다. 혹은, 下化衆生하화중생의 큰 뜻을 실천하려는 보살의
화신으로 보아도 좋다.

시인은 죽음마저도 온전한 소멸로 보지 않고 새로운 생
탄을 위한 통과의례로 간주한다. 생을 관조하는 시인의 정
신적 세계관이 전제될 때, 사랑은 생과 사의 단절된 세계를
이어줄 수 있고, 또한 연기의 법칙에 따라 순환의 구조를
가질 수 있다.

꽃씨를 묻듯
그렇게 묻었다.
가슴에 눈동자 하나,
讀經독경을 하고, 呪文주문을 외고
마른 장작개비에
불을 붙이고
언 땅에 불씨를 묻었다.
꽃씨를 떨구듯.
그렇게 떨궜다.
흙 위에 눈물 한 방울,
돌아보면 이승은 메마른 갯벌,
木船목선 하나 삭고 있는데,
꽃씨를 날리듯
그렇게 날렸다.
강변에 잿가루 한줌,

「꽃씨를 묻듯」 전문

　자전적 경험의 진술에 근거할 때, 오세영은 이별을 운명으로 받아들였던 시인이다. 사랑하는 이와의 헤어짐에 익숙한 그는 진실로 슬픔이 무엇인지를 감지하고 있는 듯하다. 그렇지 않고서, 어찌 이렇게도 애틋이 아름다운 달관의 시편을 쓸 수가 있었으랴.

　인용시 「꽃씨를 묻듯」은 사랑하는 사람의 주검을 화장하

고 그 잿가루를 강변에 뿌리고 있는 내용을 극화한 시편이
다. 산 자가 망인의 한줌 잿가루를 가슴에 꽃씨를 묻듯이
소중하게 강변에 뿌리는 행위는, 사랑이 버려야 할 묵은 인
연의 習氣습기가 아니라 버림으로써 새로 얻어서 인연의 홀
씨로 거듭 순환하는 것이라는 사실을 짙게 암시하고 있다.
불교의 윤회설이 스며 녹아 있는 것은 두 말을 할 필요조차
없다. 사랑의 꽃씨는 여기에서 생사의 경계를 초월하는 생
명력의 지속성을 상징한다.

　시의 본문이 종지부(.)가 아니라 휴지부(,)로 끝맺음하
고 있는 것도 사랑이 생명의 순환적 질서로서의 열린 구조
를 현저히 제시하고 있다는 한 증좌가 될 것이다.

　차를 끓인다.
　欲情욕정의 불이 쇠할 때까지
　주발의 물을
　달구고
　사랑하는 사람 앞에
　꿇어앉아
　靑磁茶器청자다기를 편다.
　육신은
　영혼이 갈할 때만
　켜지는 등불,
　그 등불 앞에서

입술을 적시고
盞잔을 비운다.
진실로 사랑이란
비움으로써 가득 차는
공간,
그대 손으로
채워지는 盞잔,
차를 끓인다.
欲情욕정의 불을 삭인다.

「찻잔」 전문

　오세영의 사랑관이 가장 구체적으로 현현된 시편이다. 사랑은 사실 육신의 욕정과 전혀 무관치 않다. 그런데 여기에서 시인은 사랑의 육체적 교섭을 내버려 둔 그 자리에 영혼의 충일성, 즉 사랑이야말로 '明명'을 향한 정신의 욕구임을 드러낸다.

　오세영에게 있어서의 사랑은 미혹한 상태로부터 진리를 찾아가는 과정의 禪味선미한 화두이다. 우리 인간 모두에게 있어서 영원한 미지의 테마일 수밖에 없는 사랑……. 둥근 것인지도 모난 것인지도 긴 것인지도 짧은 것인지도 모를 사랑에 대해 사람마다 제 각기 고유한 감촉을 느끼며 살아간다. 시인 오세영은 시편 「찻잔」에서 이렇게 말했다. 진실로, 사랑이란 비움으로써 가득 차는 공간이라고. 그는 시집

「무명연시」 이후에 연작시 「그릇」을 줄기차게 발표했다. 이 「찻잔」은 연작시 「그릇」의 原型원형이라고 할 수 있다. 이 연작시를 묶은 시집 「사랑의 저쪽」에 이르러서는 그의 사랑이 갖는 본질이 사물의 존재론적 의미를 드러내면서 한결 구체적인 이미지를 얻게 된다.

　요컨대 오세영의 연시는 연가풍의 대중적 넓이와 불교적 사색의 오묘한 깊이를 절묘하게 교직한 완미한 명상시이다. 그의 연시가 80년대의 시대적 담론과 비평적 관심사로부터 소외되었던 듯한 인상을 주었으나, 언젠가는, 아니 언제라도 재평가의 최대치가 긍정적으로 기약될 수 있으리라. 끝으로 그의 시 일부를 인용한다. 그의 자전적 경험과 관련을 지을 때, 우리로 하여금 사뭇 절절한 심금을 울리게 하기에 충분하다. *

　가진 것이라곤 시의 묘망한 하늘뿐,
　너를 두고 한세상 살아왔다.
　애비 없이 태어난 나는
　에미도 일찍 잃어
　세 살에 든 열병을 아직도 고치지 못한 채
　이마는 항상 뜨겁기만 하다.

「하늘의 시」에서

인 지

너, 없음으로

초판인쇄 · 1997년 10월 21일
초판발행 · 1997년 10월 28일

지은이 · 오세영
펴낸이 · 최정헌
펴낸곳 · 좋은날
주소 · 서울시 서대문구 충정로 3가 8-5호 동아 아트 1층
전화번호 · 392-2588~9
팩시밀리 · 313-0104

등록일자 · 1995년 12월 9일
등록번호 · 제 13-444호

값은 표지 뒷면에 있습니다.
ISBN 89-86894-12-2 03810
*잘못된 책은 바꿔 드립니다.